CATALOGUE

D'ESTAMPES

DES MAITRES ANCIENS & MODERNES

ORNEMENTS, NIELLES,

Broderie, Orfèvrerie

PHOTOGRAPHIES

DONT LA VENTE AURA LIEU

HOTEL DES COMMISSAIRES-PRISEURS

RUE DROUOT, 5,

SALLE N° 4 AU 1er ÉTAGE.

Le Vendredi 18 et Samedi 19 Avril 1856, heure de midi.

Par le ministère de Me **CHARLES PILLET**, C^{re}-Priseur,
rue de Choiseul, 11,
successeur de M. BONNEFONS DE LAVIALLE,

Assisté de M. **VIGNÈRES**, marchand d'Estampes,
rue de la Monnaie, 13 à l'entresol ; (entrée rue Baillet, 1),

chez lesquels se distribue le présent catalogue.

ON POURRA VOIR LES ESTAMPES CHAQUE JOUR DE VENTE.

PARIS

MAULDE ET RENOU

IMPRIMEURS DE LA COMPAGNIE DES COMMISSAIRES-PRISEURS
rue de Rivoli, 144.

1856.

M. de Valenti.

CATALOGUE
D'ESTAMPES

DES MAITRES ANCIENS & MODERNES
ORNEMENTS, NIELLES,

Broderie, Orfèvrerie

PHOTOGRAPHIES

DONT LA VENTE AURA LIEU

HOTEL DES COMMISSAIRES-PRISEURS
RUE DROUOT, 5,

SALLE N° 4 AU 1ᵉʳ ÉTAGE.

Le Vendredi 18 et Samedi 19 Avril 1856, heure de midi.

Par le ministère de Mᵉ **CHARLES PILLET**, Cʳᵉ-Priseur,
rue de Choiseul, 11,
successeur de M. BONNEFONS DE LAVIALLE,

Assisté de **M. VIGNÈRES**, marchand d'Estampes,
rue de la Monnaie, 13 à l'entresol ; (entrée rue Baillet, 1),

chez lesquels se distribue le présent catalogue.

ON POURRA VOIR LES ESTAMPES CHAQUE JOUR DE VENTE.

PARIS
MAULDE ET RENOU

IMPRIMEURS DE LA COMPAGNIE DES COMMISSAIRES-PRISEURS
rue de Rivoli, 144.

1856.

ORDRE DES VACATIONS.

On suivra l'ordre du Catalogue.

Au comptant.

Cinq pour cent en plus des enchères applicables aux frais.

M. Vignères faisant la vente se charge des commissions.

V

V F

V

V E
Vig
Vig
Vig

V ig
V ig

H.V 50

H.iV 50

Ren. XVII

Desxa. B XII

Ren 6 3.c

DÉSIGNATION DES ESTAMPES

1 **Anonyme flamand**. J.-C. au jardin des Oliviers ; il est debout à droite, la main gauche levée, trois soldats sont assis à terre à gauche ; une main sort du ciel en bénissant un calice sur la montagne. Coloriée ; au bas *Quem quæntis*. Haut. 75 millim. L. 53.

2 — Buste de J.-C. le nimbe est avec ornement formant la croix intérieurement ; il regarde à gauche, sa main droite a deux doigts levés et de la gauche il maintient la boule du monde surmontée d'une croix. Haut. 100. L. 75.

3 — Saint Martin, — Saint Jean, év., — le Bon Pasteur, — Sainte Véronique et autres : 7 petites pièces sur bois.

4 **Anonyme**. Bois allemands, 5 p.

5 — D'ap. Baroche. La Vierge à l'écuelle, repos en Egypte, clair obscur de deux pl., B. 11.

6 — Circé, d'après Parmesan, clair obscur de deux pl. et autre pièce en bois.

7 — Les amours de Gombaut et de Macée terminés par la Mort qui les fauche, suite de 8 p. infol. en bois. A *Lyon*, chez *Cl. Savary*. Curieux et rare.

8 — **G. W.** Vase et autre par V. Solis ? 2 p., de beaux détails d'ornement.

9 — **M. M.** Guilielmus, costume de chevalier cuirassé.

10 — **M. R.** Feuilles de rébus sur les peines d'a-
mour, 2 p. curieuses.

11 — **P. M.** Bartsch, vol. IX, page 568. Travaux
d'Hercule, 2 p.

12 — Monuments antiques de Bordeaux, Lyon, Paris, Rome, etc., 24 p. dans le goût de Ducerceau.

13 — Broderie, guipure pour un devant d'autel,
gravure sur bois environ 2 mètres de long.

14 — Ornements divers. 10 p.

15 — Buffets, dressoirs avec fontaines, 4 p.

16 — Grand carosse à quatre roues d'une splendide
ornementation ; très-curieux.

17 **Adam** *sculp. et exc.* L'art de saigner et de
mettre des ventouses. Rome, 1584, 12 p. in-4.

18 **Aldegraver** (H.). Son portrait, B. 188. Adam
B. 11., 2 p.

19 — Histoire d'Adam et Eve. B. 1 à 6 ; très-belles
ép. provenant de la col. W. Esdaille.

20 — Titus Manlius, B. 72 pièce curieuse représentant l'usage de la guillotine en 1553, et deux
rinceaux d'ornement, B. 272., 277.

21 **Altdorfer** (Al.). Vierge et Jésus, B. 17. ; la
Religieuse, B. 24.; Samson, B. 27.; Mercure, B.
29., Triton B. 39, et sacrifice d'Abraham, sur
bois B. 41, 6 p., belles ép.

22 **Amman** (J.). Alphabet fait avec des figures
nues, 1567, pièce en bois ; reproduction ancienne
par un anonyme du même alphabet avec quel-
ques changements.

23 **Ardell** (J.-M.). D'ap F. Cotes ; Jeune dame
pelotant du fil. belle ép., manière noire.

B v
B x

20

B viii vixx — Rent

H 385

Vig

Jxx

Ren V

B V.

Hard
Har
Hard

Vig.

24 **Baldini**. L'Adoration des Bergers, belle pièce avec bordure ; non décrite dans le catalogue d'Ottley. Haut. 235 millim. Larg. 157.
— Saint Jérôme.
— L'Enfer, d'ap. la fresque d'Orcagna, du Campo-Santo, de Pise.

25 **Barrière** (Dom.). Batailles près Bommel, 1585, et entre les royaux et Farnésiens, 4 p.

26 — L'Embarquement de sainte Ursule ; — Ulysse rend Criséide, et autres, d'ap. Claude Lorrain. 5 p.

27 **Beauvarlet**. D'ap. S. Bourdon, portrait de Molière, superbe épreuve d'un tout premier état avant la bordure.

28 **Beccafumi** (attribué à). Jésus au milieu des docteurs.

29 **Beham** (H.-S.). Couples de danseurs, B. 156 ; Tête d'homme, 220 ; Mascaron, 231 ; chapiteau 247 ; armoirie, au coq, 256, à l'aigle 257 et sol. ; en tout 7 pièces.

30 **Belch**. Paysages à l'eau-forte, 4 p.

31 **Bella** (Stef. della). Le Pont-Neuf.

32 **Berain**. Cheminées, deux à la feuille, 4 p.

33 — Panneaux, montants d'ornements à deux, trois et quatre à la feuille, 5 p.

34 — Grands panneaux, 8 p.

35 Berain et autres. Cartouches, orfévreries, meubles, chaise à porteur, 9. p.

36 **Bergmuller** (J.-B.) Der Maabstab gottes, etc., vol. in-fol. Augsburg, 1778.

37 **Bocquet** (N.). Eglise de l'Abbaye de Port-Royal des Champs, avec l'indication au bas, des

dalles qui recellent des tombeaux. — Le Chœur des religieuses de Port Royal des Champs, 2 p. rares.

38 **Boissieu**. La Charette sur le pont, Rigal, 58 ; vieille chapelle, R. 65, et paysage d'ap. Ruysdael, R. 137. — 3 p. anciennes ép.

39 **Bonnart**. Suite très-curieuse de 20 p. représentant une troupe de petits sauteurs et danseurs de corde anglais et hollandais, célèbres sous le règne de Louis XIV.

40 — Costumes ; portraits en pied des rois et princes, acteurs, etc., de cette époque ; la plupart coloriés du temps et rehaussés d'or : plus de 120 p.; sera divisé.

41. **La Trappe**. Scènes des religieux de cette abbaye : 18 pl. petit in-fol., d.-rel.

42 **Bosse** (Ab.). *Ostel de Bourgogne*. belle ép. d'une pièce curieuse et rare, adr. de Leblond.

43 — Le bal des seigneurs avec adr. de Leblond.

44 — La Danse, noce de village.   id.

45 — Repas des dames seules,   id.

46 — Signature du contrat,   id.

47 — Le déshabillé de la mariée, .   id.

48 — Le chaudeau des mariés,   id.

49 — L'Accouchement ; bel et rare,   id.

50 — Visites à l'accouchée, adr. de Tavernier.

51 — Le Jour du baptême, adr. d'Ab. Bosse.

52 — La Nourrice, adr. de Tavernier.

53 — Le Remède, l'Age viril, la Femme battant son mari. 3 p.

Vij

BXN

Vij

S..d..rol

Vij

Rad anr. 15.

Vij

Solaxv ~~[struck through]~~ Tasll

Vig

v

v

Solæ

VP

VP

VP

v

Vb

Vig

Vig
Vuj.
Vir
Vig :

Vig

Vig :

Vig

Vig

crvi

BCXV

20 BXXV

25 BXXXV

30

Vig
Vuy

54 — Le Toucher ; le Départ et le Repas du retour de l'enfant-Prodigue, 3 p.

55 — Vierges sages et Vierges folles, 4 p.

56 **Boucher** fils. Nouveau livre de vases, 8 p.

57 **Boulanger** (L.). La Ronde du sabbat, grande lithogr. sur chine.

58 **Braccelli** (J.-B.). Bizzarie di varie figure. 1624. Recueil de 47 figures formé de toute espèce de choses (extrêmement curieux), carton.

59 **Breblette** et Lebrun, enlèvement des Sabines et enfants de Niobé, etc., 4 p.

60 **Bretschneider** (André). Broderies, 17 p. sur bois; rares.

61 Broderies, 29 p èces sur cuivre, rares.

62 **Breugel** (d'ap. P.). La Guerre aux écus, pièce drolatique et curieuse.

63 **Bry** (Th. de). Lettres de l'alphabet ornées : B. E. F. G. H. P. Q. V., 8 p., belles ép.

64 **Canaletti** (A.). Vues de Venise et ses environs, 19 p.; sera divisé.

65 **Castiglione** et autres, 14 p. à l'eau forte.

66. **Cavaleriis** (J.-B.). Urbis Romæ, suite de 50 vues de Rome en 1560, très-curieuses, donnant l'état à cette époque de monuments qui sont ou détruits ou restaurés depuis.

67 **Chasseriau** (Th.). 1839, Sapho, eau-forte, et Venus sortant de la mer, lithog. 2 p.
— Othello, suite de 15 p. à l'eau forte, gr. in-fol.

68 **Coek** (H.). *excud.* Operum antiquorum, roma-

norum, 1562. 21 p. curieuses donnant l'état des ruines à cette époque.

69 **Collaert** (Ad.). Les mois de l'année, 12 p. rondes.

70 **Collaert** (Jean). 1581. Monilium bullarum inauriumque, pandeloque d'orfévrerie : 10 p. très-belles.

71 **Cuyp.** Groupes de bétails dans des prairies. 6 p.

72 **Dagoty** (Edouard), d'ap. Lesueur Alexandre et son médecin; imprimé en couleur par Labrelis, gr. pièce ronde. Diamètre 65 centim.

73 **Decker** (P.) et A. Drentwel. Miroirs, candelabres, horloge, cheminée, autels etc., 11 p.

74 **Delacroix** (Eug.) Tigre couché. — Ecce Homo : 2 p. à l'eau-forte, rares.

75 — Caricatures lithog. publiées dans *le Miroir*, en 1820. Premiers travaux curieux.

76 — Jeune tigre jouant avec sa mère et autre p. tirée de *l'Artiste*.

77 — Lion de l'Atlas, tigre royal, 2 p. belle ép. lithogr.

78 **Dixon**, d'après Falconet. Jolie marchande de pommes, très-belle ép., manière noire.

79 **Ducerceau** (J.-Androuet). Les petites arabesques, 50 p., toutes marges.

80 — Les Petits Temples; 11 p. et le titre *Aureliæ*, 1660; en tout, 12 p.; très-rares.

81 — Vases, 3 pièces très-rares.

82 — Theatrum instrumentorum et machinarum Jacobi Bessoni Delphinatis Lion. 1582. 60 pl. et texte latin, titre en bois.

Bxxii lig 60.

Bxxxiii

vixxx 20 P.

vixx crexii

Vig

Vig.

VP

Vig :

VP

Vig

10

ant. 25   jax. R3.

83 **Duchesne** (Catherine) et autres. Rembrand et autres, 3 p., manière noire.

84 **Durer** (Al.). J.-C. au jardin des Oliviers, B. 19. groupe de 5 figures, B. 70, 2 p. sur fer.

85 — Vierge au singe, belle ép. B. 42.

86 — Saint-Antoine dans sa cellule. B. 60. Saint-Hubert, coupé. B. 57.

87 — Sainte-Geneviève. B. 63.

88 — Les Offres d'amour. B. 93.

89 — Le Seigneur et la Dame, B. 94, et la copie B., par Wenceslas d'Olmutz, B. 50. 2 p.

90 — Bois, les trois évêques, B. 118; très-belle ép.

91 — J-C. présenté au peuple. 19, et bain d'hommes. 128. 2 p.

92 **Eisler** (Léonard). Orfévrerie, Tabatières. 4 p.

93 **Falck** et autres. Gandolin, Guillot Gorju, Jodelet, Scaramouche, en pieds. 4 p., rares.

94 **Fasch** (J.-R.) *Inv.* Autels, a doubler, 6 p. et autres. J. Ch. Weigel, *excud.* 10 p.

95 **Ferrerio** (P.). Palazzi di Roma, des plus célèbres architectes. 41 p. dont titre.

96 **Galle** (Ph.) *excud.*, d'ap. Van Cleve. Ruinarum varii Prospectus, etc. 40 p.

97 **Galle**, Collaert, Vorsterman. Titres de livres d'ap. Rubens. 7 p.

98 **Gérard Judeus** *excud.* Ruinarum variarum, etc. 14 p.

99 **Gérard** (Marc). Les quatres Éléments. 4 p.

— — Les quatre parties du Monde, 4 p. Pourra être séparé.

100 **Gellée** (Claude Lorrain). Fuite en Égypte. R. D. 1.

— — Le passage du gué. R. D. 3.

— — Le Naufrage. R. D. 7. Col. John Barnard.

— — Le Port de mer au fanal. R. D. 11. Col. J. Barnard.

— — Scène de Brigands. R. D. 12.

— — Port de mer à la grosse tour. R. D. 13.

— — Le pont de bois. R. D. 14.

— — Le départ pour les champs. R. D. 16.

— — Mercure et Argus. R. D. 17. Ep. sans la tache d'eau-forte.

— — Le troupeau en marche par un temps ora-geux. R. D. 18.

— — Le Chevrier. R. D. 19.

— — Le Temps, Apollon et les Saisons. R. D. 20.

— — Berger et bergère conversant. R. D. 21., avant dernier état.

— — L'enlèvement d'Europe. R. D. 22.

— — Campo-Vaccino. R. D. 23.

— — La danse villageoise. R. D. 24.

— — Les deux paysages. R. D. 40. Belle ép.

— — La femme assise. R. D. 41. Belle ép. 18 p. Sera divisé.

101 **Ghisi** (Les Mantuan). Environ 30 p. par Adam, Diane, Georges, etc., seront divisées.

102 **Gole** (J.) Portrait d'Ad. van Ostade d'ap. C. Dusart, belle ép.

103 **Gulen** (Jean). Livre d'ouvrage de jouaillerie. Londres, 1762, 6 p.

104 **Herculanus** (Jul. Ant.). 1574. Alphabet cu-

6
6

[illegible]

Guuy...
B V DESXXX

BVi

[illegible]

VI

VI

VI

V ix
v ix

Y ix
Y ix

Hivso

Hivsi

Bxau

L. 4

Bviii

rieux formé de figures et d'ornements. 3 p.

105 **Hugo da Carpi** d'ap. Raphaël, Ananie frappée de mort, clair obscur de 3 p.

106 **Jegher** (Ch.). Jésus tenté par le démon, d'ap. Rubens, p. en bois, belle.

107 **Jode** (P. de) Costumes en pieds d'hommes et de femmes, Allemands, Anglais, Belges, Espagnols, Français, Florentins, Milanais et Romains, d'ap. Séb. Vranex. 9 p.

108 **Kilian** (Lucas). Les sept arts libéraux. 1606. Custodis, 8 p. dont le titre.

109 — (Wolfgang). Portrait de Christian, roi de Danemarck.

110 **Kirkall** et autres fac-simile de dessin d'ap. Raphaël, J. Romain, Véronèse, etc.

111 **Kolb** (J.-C.) Candelabres, trois à la feuille. 6 p.

112 **Laml** (Eug.). 1820. Proclamacion de la constitucion en Madrid. Lithog. in-fol. rare.

113 **Le Pautre** (J.) Salières et cartouches. 6 p. belles ép.

114 — Vases à un et à deux sur la feuille. 10 p.

115 — Fontaines et jets d'eau. 10 p.

116 — Vases à la moderne, etc. 10 p.

117 — Aiguières, burettes, vases. 12 p.

118 — Vases ou burettes à la romaine, à deux à la feuille. 10 p.

119 — Frises, corniches, architraves. 10 p.

120 — Frises à deux à la feuille. 6 p.

121 — Frises avec figures, amourets. 8 p.

122 — Alcoves, panneaux. 12 p.

123 — Cartouches, mausolées. 6 p.

124 — Chaire et panneaux. 7 p.

125 — Grotesques et moresques à la moderne. 6 p. de panneaux à deux à la feuille.

126 — Grandes frises avec figures. 6 p., et 4 grands montans. 10 p.

127 — Différents trophées d'armes, cahier de 6 p. en hauteur. — Cahier de 6 p. en largeur. 12 p. Jérem. Wolff.

128 **Le Roux** (d'ap. L.-B.). Cheminées. 6 p.

129 **Leu** *excud.* (Thomas de). Monumenta sanctioris philosophie quam severa anachoretarum, etc. 28 p. carton, en vélin.

130 **Liefrinck** (Hans). Pourtraicture ingenieuse de plusieurs façons de masques, etc. 18 p. dont titre.

131 **Lithographies** par Decamps, Gudin, Charlotte Napoléon, Raffet, Sigalon. 7 p., plus. rares.

132 — *L'Artiste* par et d'ap. Dupré, Gavarny, Gigoux, Roqueplan, Scheffer, 40 p.

133 — Album contenant un choix de lithographies par Charlet, Bellanger, H. Vernet, Raffet, Granville, etc. 56 p. noir. et color.

134 **Loreck** (J.-A.) Jouailleries. 6 p.

135 **Lucas de Leyden.** Le moine Sergius tué par Mahomet. B. 126.

136 **Lutma** (Jean). 1681. Son propre portrait gravé au maillet.

137 **Mantegna** (d'ap.). La Sépulture. (B. 2.)

138 **Marc de Ravenne.** Vénus et l'Amour por-

Ben VI Elench. 12.

Sol. 2. D. 3.

B XV Elench. 8/

P. 10

Vig

Vig

VP

IP

Viq

Viq

Viq
Viij

Viij 1

VP

ch xxs   18   erxii   (creux)   x.xv
ch xxs   20   erxii   Jotxv xxxii

.....f 18   xxxc.B

P. 40
P. 40

tés sur des dauphins. Ep. avant la retouche de Villamena. B. 324.

139 **Marvy** d'ap. Dupré, Foussereau, Rembrandt. 5 p.

139 bis. — Paysages à l'eau-forte d'ap. Rembrandt, suite complète. 15 p.

140 **Musson** (A.) d'ap. Mignard. Portrait du comte d'Harcourt, dit *le Cadet à la perle.*

141 **Meeken** (J. de). Descente de croix. B. 19.

142 — Vierge sage. B. 159., et lettre et ornement dans le goût du maître. 3 p.

143 **Meissonnier.** Le Fumeur, très-belle ép. chine, d'une eau-forte rare.

144 — Gondole contenant deux amants, conduite par 4 nègres, eau-forte sur chine pour Fortunio de M. Th. Gaultier, rare.

145 **Miele** (Jean). Siége et prise de Maestricht et de Bonn. B. 4, 5, 6. 3 p., belles et rares, tiré de l'ouvrage de F. Strada.

146 **Mitelli.** D'ap. P. de Rossi. Ballarina gentillissima. — O che belle persone! 2 p. curieuses.

147 **Montcornet** *excud.* (B.) Les sept œuvres de miséricorde. 7 p. octogones.

148 **Morison** (F.-J.) Bijouterie, jouaillerie. 12 p. de plusieurs suites différentes.

149 **Nanteuil.** Portrait d'Anne d'Autriche, reine de France, comme nature. R. D. 23. Premier état, avant le crochet.

150 **Nielles.** Jugement de Pâris.

151 — Hercule et Déjanire.

152 — Lion terrassant un homme. — Hercule combattant l'hydre. 2 p.

153 — Vierge et Jésus dans une niche ceintrée. — Vierge et Jésus adorés par deux anges. p. ronde. — Ange un genoux à terre tenant une banderole, et autres. 4 p.

154 — Louis et Marguerite en regard. — Henri II, roi de France. 2 p. rondes.

155 — La crèche, pièce très-longue. — Adoration des bergers. — Fuite en Égypte, p. ronde et autres. 5 p.

156 — Le Christ soutenu debout dans le tombeau par saint Jean et la Vierge, et 4 p. des Travaux d'Hercule, p. longues; en tout 5 p.

157 Ornements de nielles et bijouterie, 1619 à 1622. J.-B. Costanctinus, M. Chritollien, Jacques Hurtu, P. Nilon, J. Toutin, charmant recueil; très-belles ép. avec leurs marges. 87 p. sur 83 feuillets.

158 Panneels. Van Tulden et autres, d'ap. Rubens. 30 p. Sera divisé.

159 Parmesan (par et d'après). La Nativité, le Berger, le Jeune homme et les deux vieillards; les Amants. etc. 7 p. à l'eau-forte.

160 Parrocel (C.) Traité sur l'équitation. 12 p. in-8.

161 Pass (Crispin de). Les quatre éléments. 4 p. rondes, belles ép.

162 — Anthropomorphose, 1599. — Les Ages de l'homme. 7 p. belles ép.

163 — Les Muses. 9 p. en rond, belles ép.

40

B 157. DED 337 337 *[illegible]*
  P. 80.

B vi

B xii

Vig

Vig

Vp

pxx

Vig 1

P. 25

Vig

164 — D'ap. Martin de Vos, les douze mois de l'année dans des ronds. 13 p.

165 — Les âges de l'homme, 10 p. en rond, belles ép.

166 — Et autres. Junon, Pallas, Vénus, etc. 8 p. belles ép.

167 — Les quatre princes de la musique, Orphé, Amphion, Arion et Apollon, 4 p.

168 **Pass** (Simon de). Portrait d'Henri IV et Marie de Médicis, profils superposés dirigés à gauche. Cette ép. tirée d'une planche d'argent ovale a pour revers les armoiries accolées, couronnées et entourées des grands cordons de St-Michel et du St-Esprit. 2 p. tirées sur vélin.

169 — Jacques I, roi d'Angleterre, avec ses armes pour revers. — Élisabeth d'Angleterre avec des armes pour revers. Ces deux portraits sont ép. modernes tirées des planches d'argent, ovales et belles ép. 4 p. sur la même feuille.

170 **Penez** (G.) Abraham renvoyant Agar. B. 3. — — Tomiris. B. 70. — Triomphe de l'Amour. B. 117. 3 p.

171 **Pesne** (J.). Portrait de N. Poussin. R. D. 5, belle ép. avec les rectifications dans l'écriture.

172 — Ravissement de saint Paul. R. D. 12, belle ép. avec Leblond.

173 — La grande sainte Famille servie par des enfants, d'ap. Poussin. R. D., 16. avec l'ad. de Drevet.

174 — Testament d'Eudamidas, d'après Poussin. R. D., 29, bonne ép. avec marge.

175 **Philippon** (Adam), 1645. Rinceau, montant d'ornement dédié à M. Le Gros, rare.

176 **Photographie**. Vue générale et panoramique de la ville de Tolède (Espagne) en trois planches.

— — Diverses vues de l'Acropolis d'Athène et des ruines de l'ancienne ville, 12 p.

— — Vues des temples grecs de la Sicile, Ségeste et Agrigente, 8 p.

— — Vues de Venise, 9 p.

— — Vues de Rome ~~et de Florence~~, 6 p. voir aubas

— — Monument du midi de la France, 6 p.

— — Fac-simile de dessins de Hans Holbein, 6 p.

177 **Piranesi**. Colonne Antonine, très-grande estampe de six feuilles.

178. **Poilly** (de). Le roi Louis XV tenant son lit de justice pour la première fois à Paris, 12 septembre 1715. D'apr. le dessin fait sur le lieu par Delamonce, avec l'explication au bas. Belle ép. d'une belle pièce in-fol. Rare.

179 — Nouvelles cheminées à panneaux de glaces, 6 p.

180 **Portraits** d'acteurs et actrices. 10 p., par H. Vernet, Raffet et autres.

181 — de Byron, Châteaubriand, David, Ducis, Humboldt, Mlle Mars, etc. 9 p.; pourra être divisé.

182 — Charles Ier d'Angleterre. Belle épr. petit in-fol. Leblond, *ex*.

183 — Jacques Ier, roi d'Angleterre, de France et

15 P   VP

3)

20   7 VP

22 50   , Vig
15
15
15
                                                             Vig

                                                             v

Cr.exev   v 1

                                                             v

    med. 4

Sol 1 Potin.   Vig
                                                             v

Jxx

Jxx * Lig. 7

12.50 P   Cru 20 7

12.50 P

 7.50 P   Cruy

P. 50   Lig. 12

P. 20

P. 452.

P. 452.

d'Irlande, nommé VI, roi d'Ecosse, à l'âge de 37 ans ; rare.

184 — **Georgette de Montenay**. Célèbre musicienne et poëte, qui a publiée un recueil in-4 de devises ou emblèmes chrétiens en vers, orné de 100 gravures de Woeriot. *Lyon*, 1571 : ce portrait, très-rare, daté 1567, portant son monogramme, doit être gravé par elle-même.

185 **Charlotte Napoléon** del, Roma, 1835. Portrait de *Napoleonis mater*. Belle ép. chine.

186 **Vallegius** (F.). Henricus IIII christianissimus Franciæ, et Navarræ rex. Æt. ann. XLII. Portrait rare.

187 **Prud'hon** (d'ap.). La loi avec changements aux figures et costumes, et avec *La France protégeant la Jeunesse*, etc.

188 **Raimondi** (Marc-Antoine). Mars, Vénus et l'Amour.

189 **Raphael** (d'ap.). J.-C. et les apôtres en pied, 14 p.

190 **Rembrandt** et son école (par et d'après), 37 p.

— (d'ap) Francesco Novelli, Stampe Quarantuna. Venise, 1840, 41 p. in-4 broché.

191 **Robetta**. L'Adoration des Mages.

192 **Ruysdael** (J.). Le petit pont. B. 1.

193 **Sachs** (Hans). Ses poésies, telles qu'elles ont été publiées avec les gravures sur bois du temps. *Sancta justicia*, 1521. Son portrait, 1545, sujets bibliques et autres, 24 p. avec texte allemand, in-fol. *Gotha*, 1821.

191 **Schenck** (P.). Son portrait, d'ap. J. P. Feuerling, 1697. Belle ép.

195 **Schubler** (J.-J.). Lits somptueux, 3 p.

— — Epitaphes, Cénotaphes, Tombeau, 6 p.

— — Autels, Tabernacles, 6 p.

— — Grilles de jardins, 6 p.

— — Orgues, chaires à prêcher, 7 p. Ces 28 p. pourront être séparées par suite.

196 **Spooner**, d'apr. Netscher. Cleopatra. Belle manière noire.

197 **Stephanus**, Et. de Laulne. Allégories ; les arts libéraux et autres, 13 p. avec marge.

198. **Strixner**, d'apr. L. de Leyden. Saint Jean et sainte Marguerite, autre saint et sainte Catherine, 2 p. Lithogr. tirée de la galerie Boisserie.

199 **Suavius** (Lamb.), 1545. Les Apôtres debout, 8 p.

200 **Sudre**, d'ap. M. Ingres. La Chapelle Sixtine ; très grande pièce retouchée par le peintre.

201 **Sujet historique.** *Thomas Arthur de Lally*, condamné, etc., au moment de son exécution. Pièce curieuse et très-rare.

202 — **Le caquet des femmes**, à la Fontaine, au Moulin, chez l'Acouchée : pièce curieuse ronde ayant été destinée à servir d'écran tournant.

203 **Teniers** (David). Fête flamande et autre, 2 p. à l'eau-forte.

204 **Tiepolo** (Dom.), 1749. Les stations de la vie de Jésus-Christ, 16 p. à l'eau-forte, dont la dédicace. Belles ép. très-rares.

Vig.

Vig

Vig

Baudican

Vig

dicour

Vig

Vig :

1
2
1
Vig 1
1

1

Vig 2

5

1

8

Fig 8

1

8

15

Ael. ... vib. xx

12 ... B xxi

... M B xv

... 18/ D... xx

M. 13. P. 12

205 — Fantaisies : Andromède, Venise, plafonds, etc. 12 p. Pourra être divisé.

206 **Tiepolo** (d'ap.). Danse de mascarades et les Marchands d'orviétans, 5 p.

207 **Toro** (J.-B.). Livre de table de diverses formes, 8 p.

208 — Livre de cartouches, 6 p. I. Wolff ex.

209 **Trente** (Ant. de). Martyre de saint Paul et saint Barnabé, d'apr. Parmesan. Clair obscur de trois pl.

210 **Trimolet**. Le Vieux Mendiant. — Cérémonie funèbre, place de la Bastille, 2 p. à l'eau-forte.

211 **Vaillant**. 1668. Le Trompette remettant un billet à une jeune dame, charmante composition, d'ap. un maître de l'école hollandaise. Très-belle ép.

212 — d'après différents maîtres, sujets divers à la manière noire ; 26 p. Sera divisé.

213 **Van de Velde** (J.). Tournoi dans la ville de Bruxelles.

214 **Vernet** (H.). Sepolcro di Raffaello, rare scène, d'Auvergne, 1815, 2 p.

215 **Vico** (Enée). Panneaux d'ornements. B. n. 468 et suiv., 18 p.

216 — Vases et chandeliers. B. 421 et suite, et 491 et suite. 17 p.

217 **Viel-Castel** (H. de). Qu'il est aimable ? — Comment se porte Madame votre épouse ? etc. — Promenades des ganaches, 3 p. lithog. à la plume, rares.

218 **Vien** (J.). Caravane du sultan à la Mecque, 1748. — 32 pl. dessinées et gravées à l'eau-forte en un vol. in-4, dem.-rel.

219 **Villot** (M.-F.). Eaux-fortes, la plupart d'après M. Eug. Delacroix, dont Gluck, 1er état avant beaucoup de travaux et terminé, et 2 p. en bois ; en tout 16 p. ; très-belles ép.

220 **Visscher** (C.). Buste de jeune femme. Belle ép.

221 **Vries**. (H.). Intérieurs de palais, avec fontaines dans des ovales équarris en hauteur et en travers. 20 p. dont titre. Très-belles ép,

222 — Puits ; plusieurs d'une grande richesse d'architecture. 24 p. Très-belles épr.

223 — Palais, intérieurs et extérieurs. 29 p. dont titre. Très-belles ép.

224 — Fontaines monumentales, 18 p.

225 **Vollant** (Alexandre). Braves et vertueux qui faites estat de la taille faite à l'eau-forte, prenez en bonne part ces nouveaux fruits et fleurs que vous présente A. V. d'aussi bon cœur que si c'estait chose plus excellente, en attendant quelque autre nouveauté, 1636. — 12 p. rares.

226 **Wattier** (Emile). Saint-Preux et Julie et autres : 3 pièces à l'eau-forte tirées de *l'Artiste*.

227 **Wierlx** (J.). Descente de croix. Très-belle épr. avec marge,

228 **Wœiriot** (P.). Phalaris présidant le supplice de Perille, et la copie de la femme d'Asdrubal se précipitant dans le bûcher, 2 p.

229 **Zagel** (Martin). Les soldats, B. 20. Lueur et obscurité, B. 21, 2 p.

230 **Zanetti** (A.-M.), 1725. Fac-simile de dessins, d'après Parmesan, clairs obcurs de 2 et 3 planches, 13 p. Belles ép.

231 Caricatures diverses gravées et lithog., anciennes, 45 p. Sera divisé.

232 Sous ce numéro les articles omis.

16

... 15/

... 15

... 15

... 25

Hand. 550 Lig 4

Hard

15	Othello	10	VP
4	Monogram	1	
94	fleurs	1	50
7	Chevaux vernis	1	
1	Rembrandt	2	25
5	Paris	1	Graham
21	Cock	1	50
1	Livens	1	25

Mᵉ CHARLES PILLET

Commissaire-priseur

RUE DE CHOISEUL, 11

Successeur de Mᵉ BONNEFONS DE LAVIALLE.

Nᵒ

M

fr.   cent.

Mᵉ CHARLES PILLET

Commissaire-priseur

RUE DE CHOISEUL, 11

Successeur de Mᵉ BONNEFONS DE LAVIALLE.

Nᵒ 116

M Viguier

fr.   cent.

M. de Valcenelle